D1693660

LE BIBENDUM

CELESTE

Nicolas de Crécy

LE BIBENDUM CELESTE

Volume I

Les Humanoïdes Associés

Du même auteur
Chez les Humanoïdes Associés

Foligatto (avec Alexios Tjoyas)

L'auteur remercie le **FIACRE** pour son
soutien dans la réalisation de cet album

Conception graphique : J.C.Menu
Lettrage : Roberta Cappelli

Le Bibendum céleste
Première édition : octobre 1994
Les Humanoïdes Associés
© COPYRIGHT 1994 HUMANO S.A. Genève
Dépôt légal octobre 1994

Achevé d'imprimer en septembre 1994
sur les presses de l'imprimerie Lesaffre,
à Tournai, Belgique

ISBN 2-7316-1183-9
171536

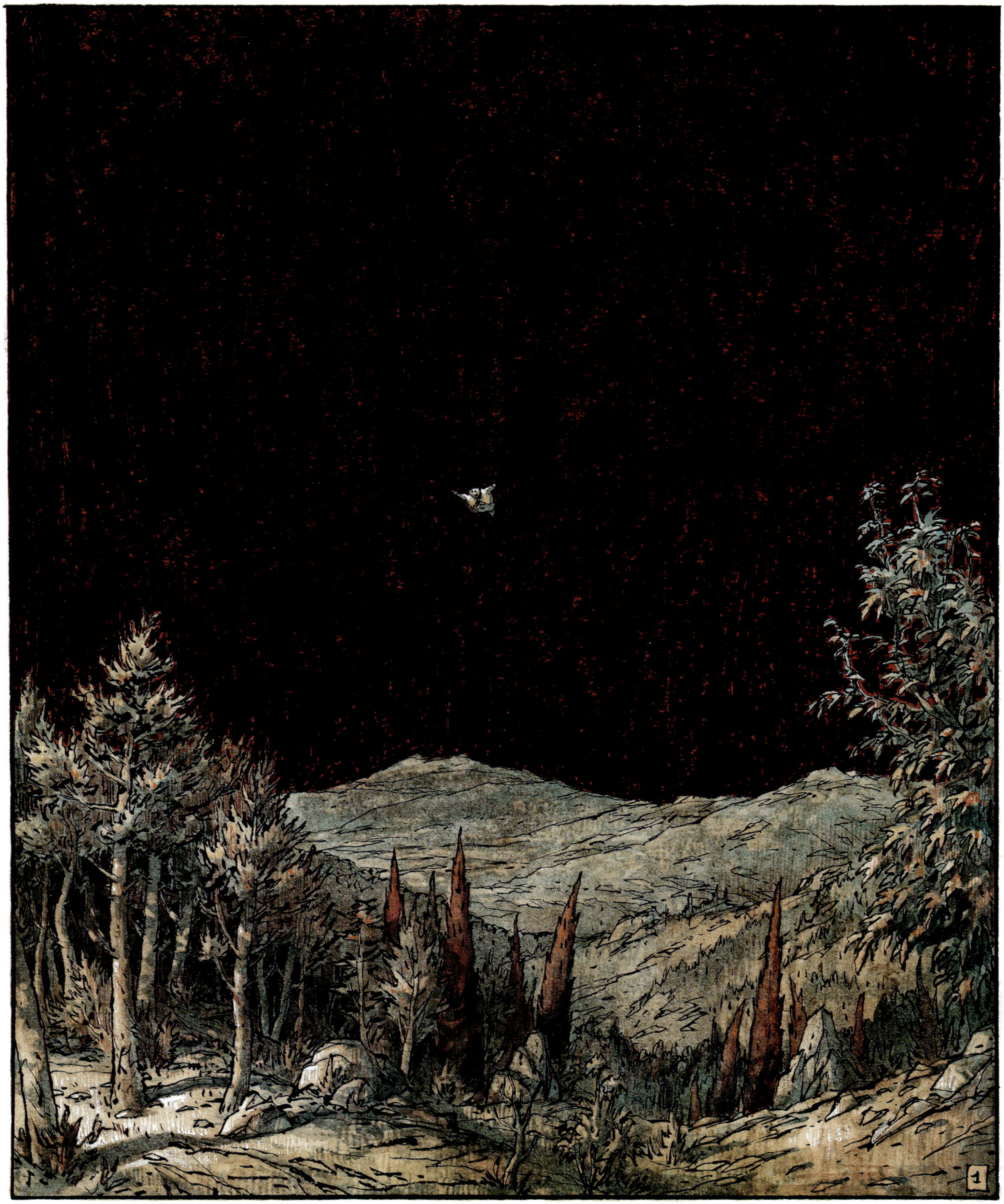
1

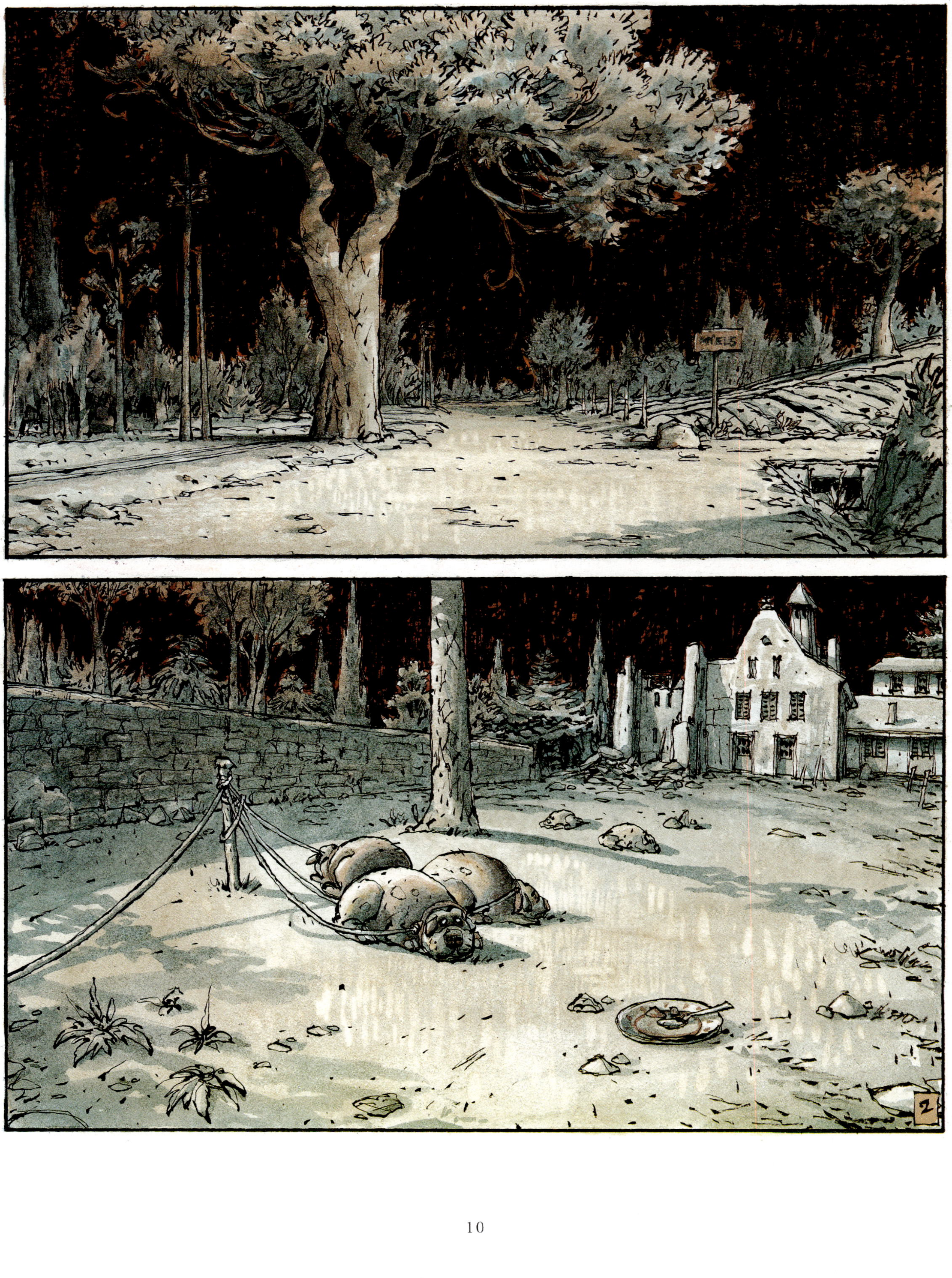

COINCÉ AU FOND D'UN RAVIN, LA TÊTE DÉSOLIDARISÉE DU RESTE DU CORPS ET LES PAUPIÈRES ÉCARTELÉES AVEC PRÉCISION PAR DEUX BOULONS ROUILLÉS.

UNE VISION, UN PAYSAGE, UN SEUL DURANT PLUS DE HUIT MOIS... UN JOLI CADRE TOUT DE MÊME, AU PIED DU NID D'AIGLE MÉDIÉVAL BORDÉ DE HAUTS CYPRÈS VERT ÉMERAUDE... MONTAGNES AUX FIGURES APAISANTES, PAYSAGE BUCOLIQUE, PINS PARASOLS ET CHATAIGNIERS.

MON VISAGE SOUS LES RUINES DU PIANO À PÉDALES DE CHARLES VALENTIN ALKAN, BERCÉ POUR L'ÉTERNITÉ PAR LA MUSIQUE VIVIFIANTE D'UN RUISSEAU CLAIR, DANS LEQUEL AVAIT DISPARU MA GRACIEUSE ET MUSCULEUSE CARCASSE...

ÉLEVÉ PENDANT HUIT MOIS PAR LES COCHONS SAUVAGES...

...LA TÊTE POSÉE DE TRAVIOLE AU FOND D'UN INSTRUMENT DÉSACCORDÉ, HURLANT DE RAGE ET D'IMPUISSANCE...

ET TOUT CELA À CAUSE, SEMBLE-T-IL, D'UN CHIEN ÉGARÉ AU MILIEU D'UN VIRAGE HUILEUX EN ÉPINGLE À CHEVEUX...

JE ME PRÉSENTE : PROFESSEUR LOMBAX, PALMES ACADÉMIQUES ET AUTRES MÉDAILLES HONORIFIQUES.

MALGRÉ MON GRAND ÂGE, ET LES QUELQUES DÉBOIRES D'UNE EXISTENCE PASSÉE À PLUS DE CENT KILOMÈTRES/HEURE, J'AI LA CERVELLE ENCORE VERTE...	DOCTORAT EN GÉNIE CIVIL, MAÎTRISE DE SOCIOLOGIE ET BRILLANTE CARRIÈRE DE PROFESSEUR EN ETHNOLOGIE...
J'AI DERRIÈRE MOI QUARANTE ANS DE CARRIÈRE, MES AMIS.	IL Y A LÀ DANS MA CERVELLE (DIEU FASSE QUE JE LA CONSERVE) UNE HISTOIRE TERRIBLE QUE VOUS AUREZ PLAISIR À ÉCOUTER, J'EN SUIS SÛR.
MON JEU DE SCÈNE ÉTANT LIMITÉ, JE ME CONTENTERAI PAR LES EXPRESSIONS VARIÉES DE MON VISAGE, DE TRADUIRE TOUTE LA TENSION DRAMATIQUE D'UN RÉCIT RICHE EN REBONDISSEMENTS.	C'EST L'HISTOIRE, SOYONS ORIGINAUX, D'UN ANIMAL QUE L'ON A PEU L'HABITUDE DE VOIR TRAÎNER EN VILLE ...UNE ÂME ROMANTIQUE...UN GARÇON SENSIBLE...

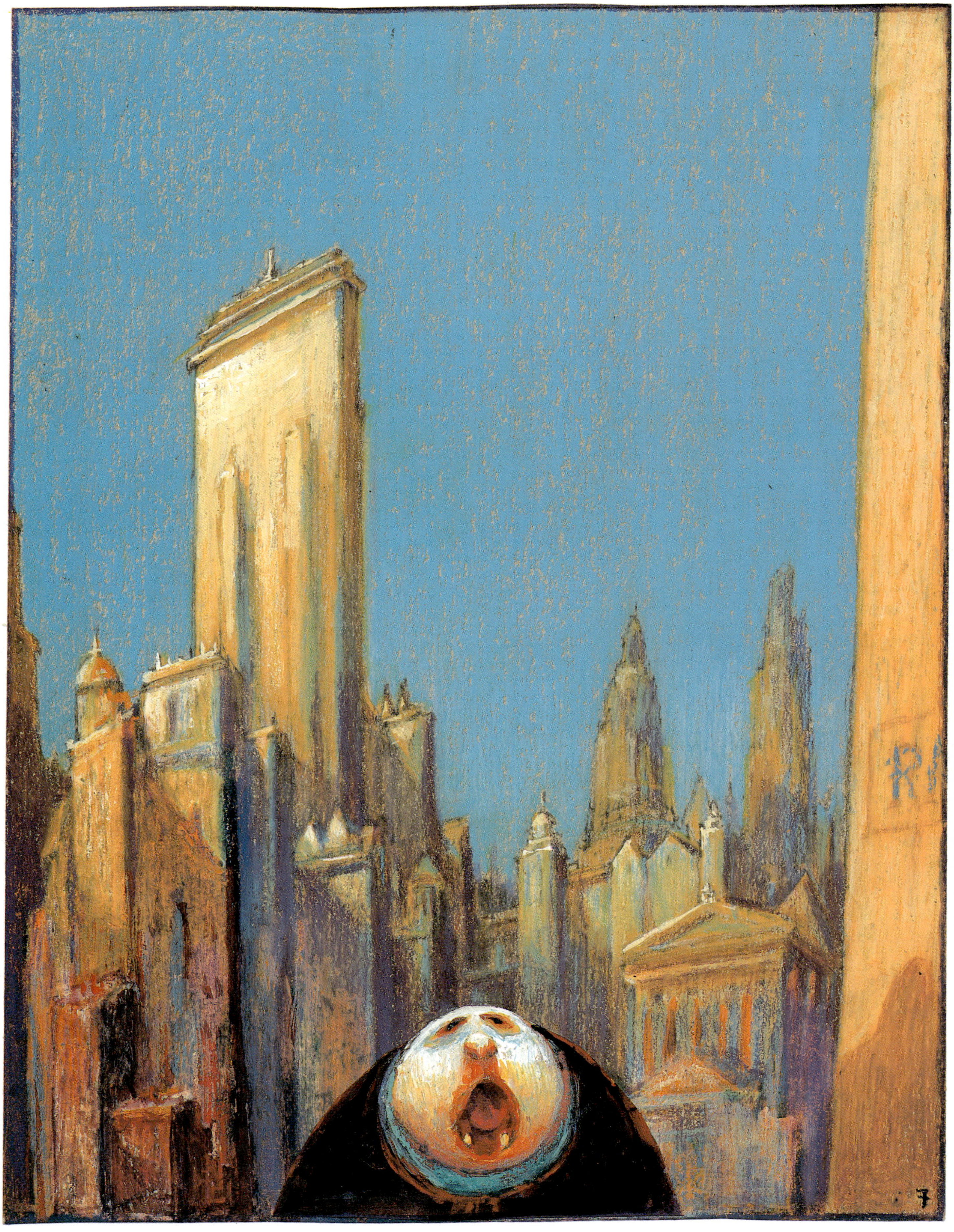

HHAAAAAAAHHHAAAAAAAAHH...

HHHHAAAHAAAAAAAAAAA

AH AH AH!

PAF

TE VOILÀ BIEN MISÉ-
RABLE MON AMI !

TU ES GROTESQUE !... UNE VÉRITABLE FARCE !	OÙ VAS-TU DONC ? TU ES TELLEMENT PRESSÉ ?
TU TE TROMPES, C'EST CERTAIN !	QUE FAIS-TU ? DANS QUELLE DIRECTION ?

MAIS REGARDE-TOI PAUVRE ANDOUILLE ! NOUS RIONS DE BON CŒUR !

AH AH AH ! AH AH AH !

MISÉRABLE DIEGO, AH AH !

AH AH AH AH !

SEIGNEUR !

JE ME SOUVIENS AVEC ÉMOTION DE SA DOUCE ODEUR D'HÉLIUM ET DU CLIQUETIS DE SES BÉQUILLES...

MAIS REVENONS QUELQUES ANNÉES EN ARRIÈRE, MES AMIS,

ALORS QUE DIEGO LE JEUNE PHOQUE DÉBARQUE SES GUÊTRES SUR LE SOL DE NEW YORK-SUR-LOIRE.

NEW YORK-SUR-LOIRE, CAPITALE DE TOUS LES EXCÈS !

> NEW YORK-SUR-LOIRE, CITÉ DE SUEUR ET DE FERRAILLE, AUX ODEURS ACIDES DE SOUFRE ET DE ZINC, AVEC UNE POINTE DE MAZOUT...

> NEW YORK-SUR-LOIRE, TREIZE MILLIONS D'ÂMES ET TOUT AUTANT DE VÉHICULES...

> CATHÉDRALES INDUSTRIELLES SUPERPOSÉES, CARACTÉRISTIQUES D'UNE MÉTROPOLE RICHE EN HISTOIRE...

HISTOIRE QUE JE DÉVELOPPERAI ULTÉRIEUREMENT, NOTRE SOUCI PREMIER ÉTANT L'ARRIVÉE DE DIEGO LE JEUNE PHOQUE...	...PLEIN DE VIGUEUR, ALORS !
MAIS LES BÉQUILLES TREM-BLANTES D'ÉMOTION À LA VUE DE CETTE CITÉ AUX PERSPECTIVES TITANESQUES !	UN RÊVE D'ENFANT, ENFIN À PORTÉE D'OEIL...OEIL HUMIDE ET SOMBRE, PÉTILLANT D'UNE IMBÉCILLITÉ TOUTE ANIMALE...
CLIC CLIC ! NEW YORK SUR LOIRE BAGGAGE CONSIGNE	IL TREMBLE EN VÉRITÉ...PIÉTINANT LE SOL TANT DÉSIRÉ DE TOUTE LA FOUGUE DE SA JEUNESSE...SANS GRÂCE, MAIS AVEC CONVICTION,

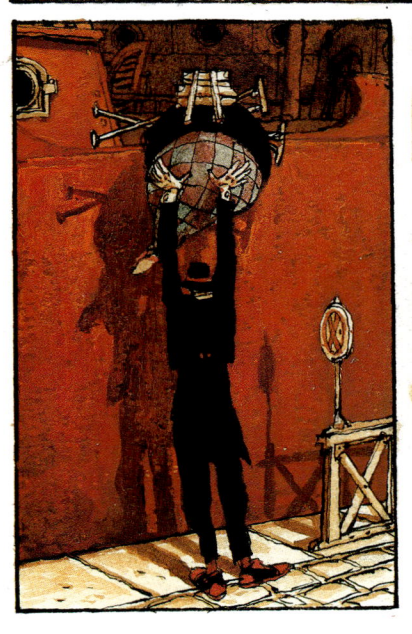

— AH !

— VOUS AVEZ ÉTÉ CHOISI !

— ...CHOISI, DIVINEMENT PEUT-ÊTRE... EN TOUT CAS LA QUESTION RESTE POSÉE.

— ELLE NE SERA NI DÉVELOPPÉE NI MÊME ABORDÉE AU COURS DU RÉCIT QUI VA SUIVRE !

— VOUS AVEZ ÉTÉ CHOISI, DONC, POUR DEVENIR UNE PERSONNALITÉ IMPORTANTE DE LA VIE POLITIQUE ET SOCIALE DE LA GRANDE CAPITALE NEW YORK-SUR-LOIRE... CITÉ EXCEPTIONNELLE À PLUS D'UN TITRE !

— SEIGNEUR !

— VOUS AVEZ ÉTÉ CHOISI !

— DIVINEMENT PEUT-ÊTRE... LA QUESTION RESTE POSÉE, ELLE NE SERA NI DÉVELOPPÉE NI MÊME ABORDÉE AU COURS DU RÉCIT QUI VA SUIVRE... CHOISI POUR DEVENIR UNE PERSONNALITÉ IMPORTANTE DE LA VIE POLITIQUE ET SOCIALE DE LA GRANDE CAPITALE NEW YORK-SUR-LOIRE...

— CITÉ EXCEPTIONNELLE À PLUS D'UN TITRE...

— CROYEZ-MOI !

— Soyez attentif et coopératif, je vous prie...

— Vous prenez certainement conscience du fait que l'éducation morale et spirituelle que vous avez reçue dans votre lointain pays ne correspond que de très loin à ce que nous attendons de vous...

— Je veux parler de la tournure médiatique que prendra votre carrière et du rôle particulier (au sein du gouvernement) que vous serez invité à jouer d'ici quelques mois.

— Nous avons donc décidé, mes amis de la municipalité et moi-même, de mettre en œuvre un programme éducatif à votre intention...

— Celui-ci comprendra un travail approfondi dans des domaines aussi variés que les sciences naturelles, les sciences politiques et sociales, historiques, mathématiques et linguistiques, sans oublier les leçons de maintien, politesse et diplomatie.

AVEC EN SUS UN RIEN DE GYMNASTIQUE QUI VOUS PERMETTRA DE RESTER SOUPLE ET VIGOUREUX.	ÇA SE CORSE !...
CLIC CLIC !	HA ! CE CHER DIEGO LE JEUNE PHOQUE QUE NOUS ATTENDIONS AVEC FÉBRILITÉ ! BRAVO ! BRAVO BRAVO !
PAR ICI MON AMI, UN REPAS CHAUD VOUS ATTEND, BRAVO, BRAVO ! VOUS AVEZ TOUTES LES CHANCES... ...VOTRE AVENIR EST ROSE...BRAVO !	VOUS ÊTES SUPERBE.

— UN PAUVRE PHOQUE PEUT-IL SE DÉBROUILLER INTELLECTUELLEMENT DANS UNE VILLE COMME NEW YORK-SUR-LOIRE ?...

L'IGNORANCE DE CET ANIMAL ALLAIT ÊTRE POUR NOUS AUTRES, PROFESSEURS DE TOUS POILS, L'OCCASION DE METTRE EN PRATIQUE NOS VERTUS PÉDAGOGIQUES.

— VICTOIRE !... VICTOIRE SUR L'IGNORANCE !

A' BORD DU VÉHICULE CULTUREL, LE CORPS ENSEIGNANT ROULE DES MÉCANIQUES
VRRRRVVRR
SAINT-SULPICE 2000. VEHICULE CULTUREL
TREMBLE, TREMBLE L'AMI DIEGO, NOUS ALLONS TE REMPLIR DE CONNAISSANCES VARIÉES !...
CONNAISSANCES GOUVERNEMENTALES RECHERCHE INTELLIGENCE ARTIFICIELLE
SAINT SULPICE
QUELLE MÉCANIQUE SAVAMMENT HUILÉE ! DANS NOS BRIOCHES JUSQU'A' RAS BORD FOISONNENT LES SCIENCES EXACTES !
FANFARE DE PROFESSEUR
20
SAINT SULPICE 2000, VEHICULE CULTUREL DES PROFESSEURS DE TOUS POILS

SCIENCE DE L'ÉLECTRIQUE, DU PRATIQUE ET DES MATHÉ-MATIQUES
THÈSE ANTITHÈSE PROTHÈSE POUR TA CERVELLE !
VVRRRR
VICTOIRE !!! VICTOIRE SUR L'IGNORANCE !
VVRRRR
PAF
AH AH AH AH !
OUILLE, NOUS NE RIONS PLUS À PRÉSENT !...
MAIS NOUS AC-COMPLIRONS NOTRE DEVOIR MALGRÉ TOUT !
VOILÀ UN ATTENTAT QUI AURAIT PU NOUS COÛTER LA VIE !
CAR NOUS SOMMES LES PRO-FESSEURS.
VOILÀ QUI REMET EN QUESTION L'ÉTAT D'EU-PHORIE QUI NOUS FAI-SAIT RIRE ET CHANTER.
21

SEIGNEUR !

Panel 1:
JE VOIS QUE VOUS VOUS INTÉRESSEZ AUX SCIENCES NATURELLES...

JE...

Panel 2:
CELA TOMBE À PIC, DIEGO LE JEUNE PHOQUE MON AMI, CAR NOUS SOMMES LES PROFESSEURS

?!

Panel 3:
ET CE NE SONT PAS DES TARTINES, DIEGO LE BÉOTIEN, QUI DÉBORDENT DE NOTRE BRIOCHE... NON NON NON...

...PAS DES TARTINES, MAIS DE LA SCIENCE INFUSE ! POUR PREUVE, NOUS POSSÉDONS UNE LUNETTE DE VUE NOUS PERMETTANT DE PERCER LES MYSTÈRES

Panel 4:
...LES MYSTÈRES DE LA CONNAISSANCE.

UNE LUNETTE EN OR AVEC DES RUBIS SUR LES CÔTÉS

UNE LUNETTE ÉLECTRIQUE ! FINEMENT CISELÉE

Panel 5:
NOUS ALLONS IMPRIMER LE CACHET DU SAVOIR ET DE LA CULTURE SUR LA CIRE VIERGE DE TA CERVELLE

CELA NE FAIT AUCUN DOUTE !

Panel 6:
FINI, LES RIRES ET LES CHANSONS ! QUE L'ON APPORTE PUPITRE ET LAMPE À HUILE ! AU TRAVAIL.

VICTOIRE SUR L'IGNORANCE !

SCRITCH SCRITCH

SCRITCH SCRITCH

SCRITCH SCRITCH

SCRITCH SCRITCH

PROFESS
FANFARE
DOCTRI
NAIRE
VICTOIRE
SUR
SYSTEME CARDI
DU CHEVA
DE TRA
INFORMATION
ANATOMIQUE
Paris, Moscou, ont été éclairées à l'huile de baleine. Et le monde moderne est toujours aussi avide de matière grasse (il en obtient aussi à partir du pétrole) pour ses machines, ses industries de paix ou de guerre.
La chimie moderne obtient à partir de l'huile de baleine non seulement des lubrifiants, mais aussi de la glycérine, de la margarine, du savon, des crèmes de beauté et des cosmétiques, des le pancréas, la thyroïde et d'autres glandes pour en tirer des hormones et divers médicaments. Une baleine bleue de l'Antarctique vaut de 20 000 à 30 000 francs actuels. Du cachalot, on tire à peu près les mêmes produits et en outre on trouve parfois dans ses intestins un bon morceau d'ambre gris.
L'ambre gris est une concrétion, un calcul, dont l'origine demeure énigmatique. On pense
SCRITCH
SCRITCH
La vaste rétrospective organisée au musée de l'Orangerie, aux Tuileries, présente tout son œuvre, singulièrement égal. Pas un trouble ne semble avoir agité l'artiste. Il a suivi son rêve tendre, ne se décourageant pas d'interroger la femme, sa vie intérieure, respectueux de son charme, l'enveloppant de fragilité, d'harmonie. Ce grand délicat eut horreur des heurts. Ses effigies féminines sont comme ouatées, et un certain pointillisme, qu'il ne modifia guère, lui permit, en rompant le trait, de maintenir le mystère dans le dessin d'un ovale, d'un sourire, d'un regard. Cela ne pouvait aller sans certaines mollesses. Le danger n'a pu être évité dans certains portraits, certainement de commande, où l'absence d'émotion
25

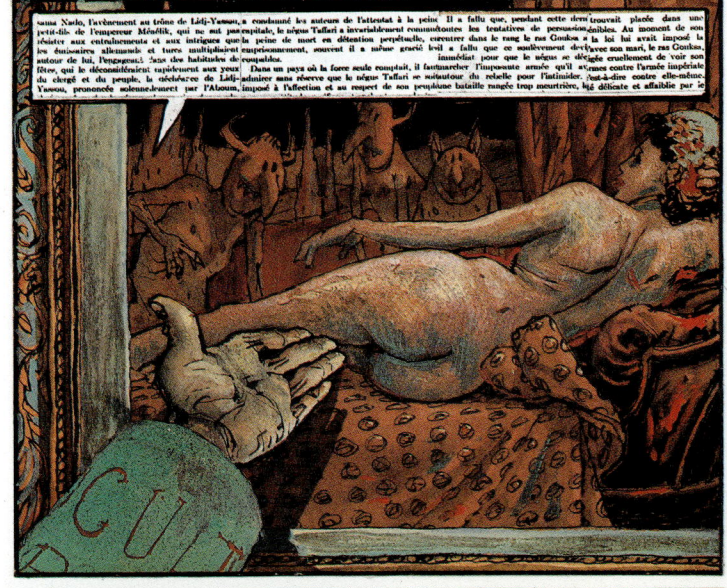

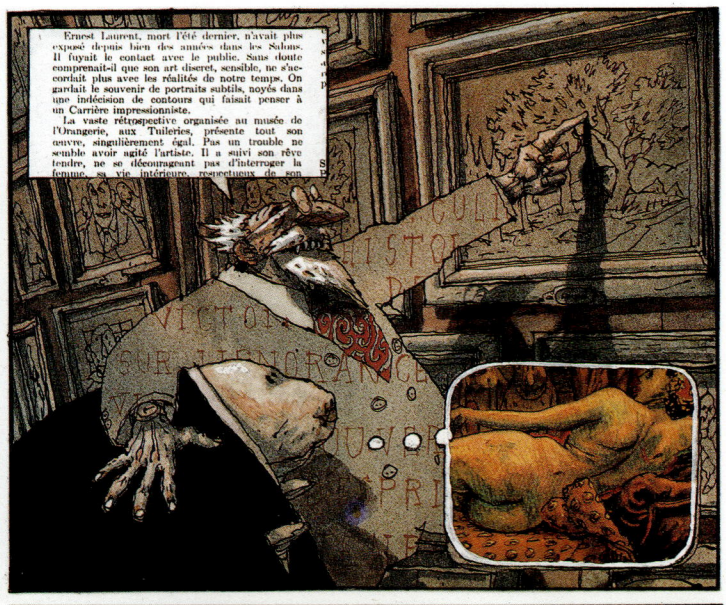

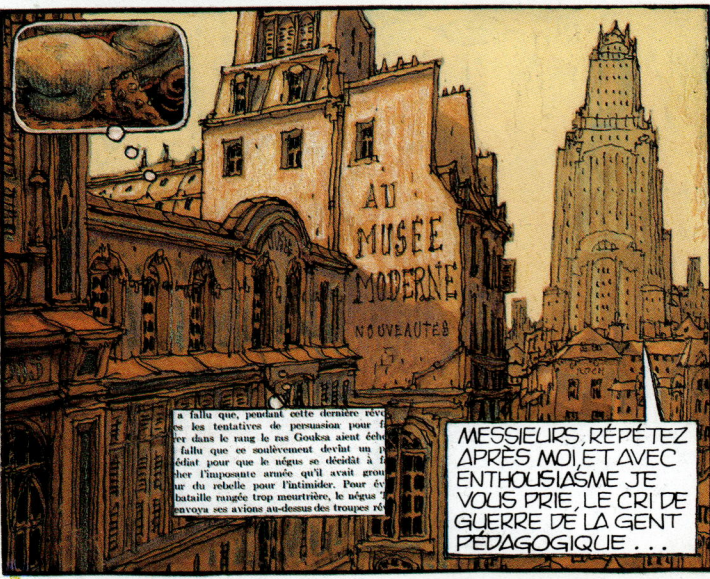

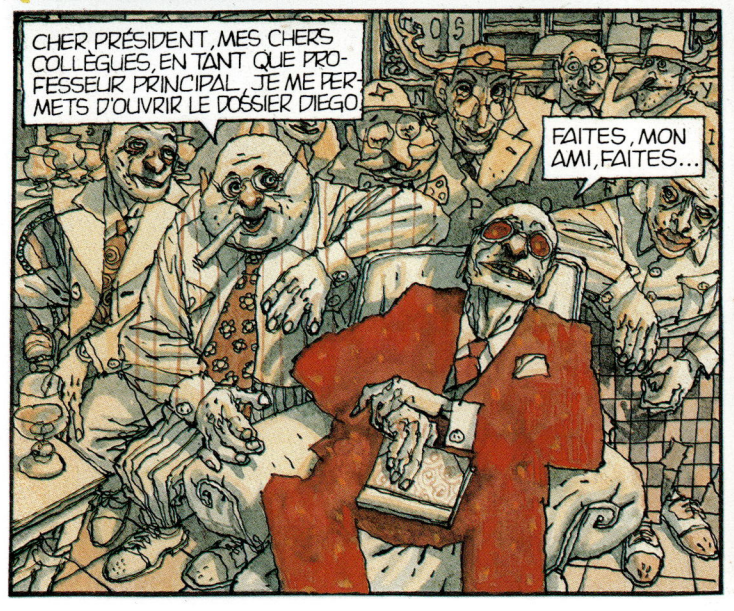

— Victoire...

— ♪ Victoire sur l'ignorance ! ♪

— Messieurs, répétez après moi, et avec enthousiasme je vous prie, le cri de guerre de la gent pédagogique...

— Cher Président, mes chers collègues, en tant que professeur principal, je me permets d'ouvrir le dossier Diego.

— Faites, mon ami, faites...

— Cet animal est doué, c'est incontestable. Ses progrès ont été rapides dans les quelques matières que nous avons abordées.

— Nous déplorons peut-être une faiblesse en éducation physique.

— Ce garçon possède une cervelle de qualité, à n'en pas douter !

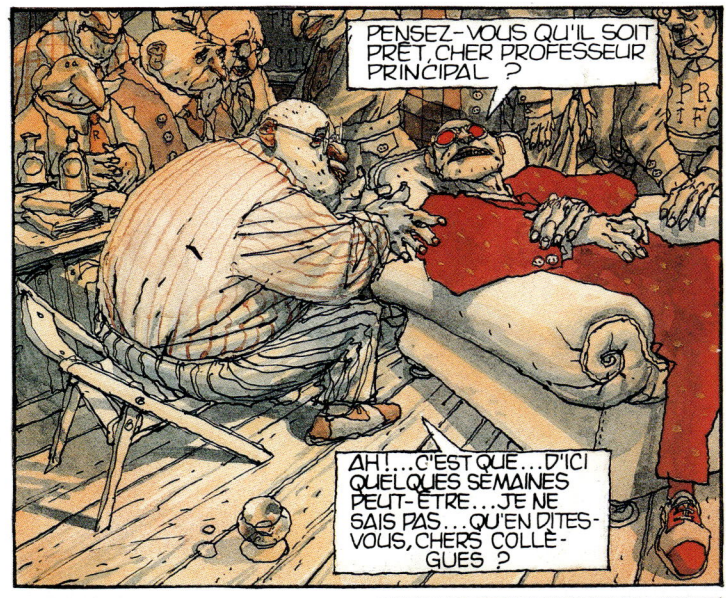

Panel 1:
— PENSEZ-VOUS QU'IL SOIT PRÊT, CHER PROFESSEUR PRINCIPAL ?
— AH !... C'EST QUE... D'ICI QUELQUES SEMAINES PEUT-ÊTRE... JE NE SAIS PAS... QU'EN DITES-VOUS, CHERS COLLÈGUES ?

Panel 2:
— SI VOUS LE PERMETTEZ...
— ...CELA ME SEMBLE PRÉMATURÉ !

Panel 3:
— LES RÉSULTATS SCOLAIRES SONT SATISFAISANTS, MAIS CE GARÇON MANQUE DE CHARISME... IL EST GAUCHE ET PEU SOURIANT.
— ET POUR LUI TIRER LES VERS DU NEZ NOUS NOUS COUPONS AUX QUATRE VEINES.
— C'EST EXACT.

Panel 4:
— CE QU'IL NOUS MANQUE, EN FAIT, CHERS COLLÈGUES DE BUREAU,... C'EST UN CONSEILLER EN COMMUNICATION !
— AH AH ! EXCELLENTE IDÉE PROFESSEUR LOMBAX !
— SI NOUS VOULONS ATTEINDRE NOTRE BUT, CET ATOUT NOUS EST INDISPENSABLE.

Panel 5:
— DIEGO DOIT ÊTRE POPULAIRE AVANT D'ÊTRE INTELLIGENT !
— DÉLICIEUX LOMBAX !

Panel 6:
— ON PEUT AUJOURD'HUI PARLER D'UNE PORTE OUVERTE SUR LA MODERNITÉ ET LA JEUNESSE DES SENTIMENTS PÉDAGOGIQUES (ET HUMAINS) QUI NOUS ANIMENT.

Panel 7:
— AH AH AH AH AH OH OH AH
— RHHRRAAH
— AH AH OHA OH OH AH

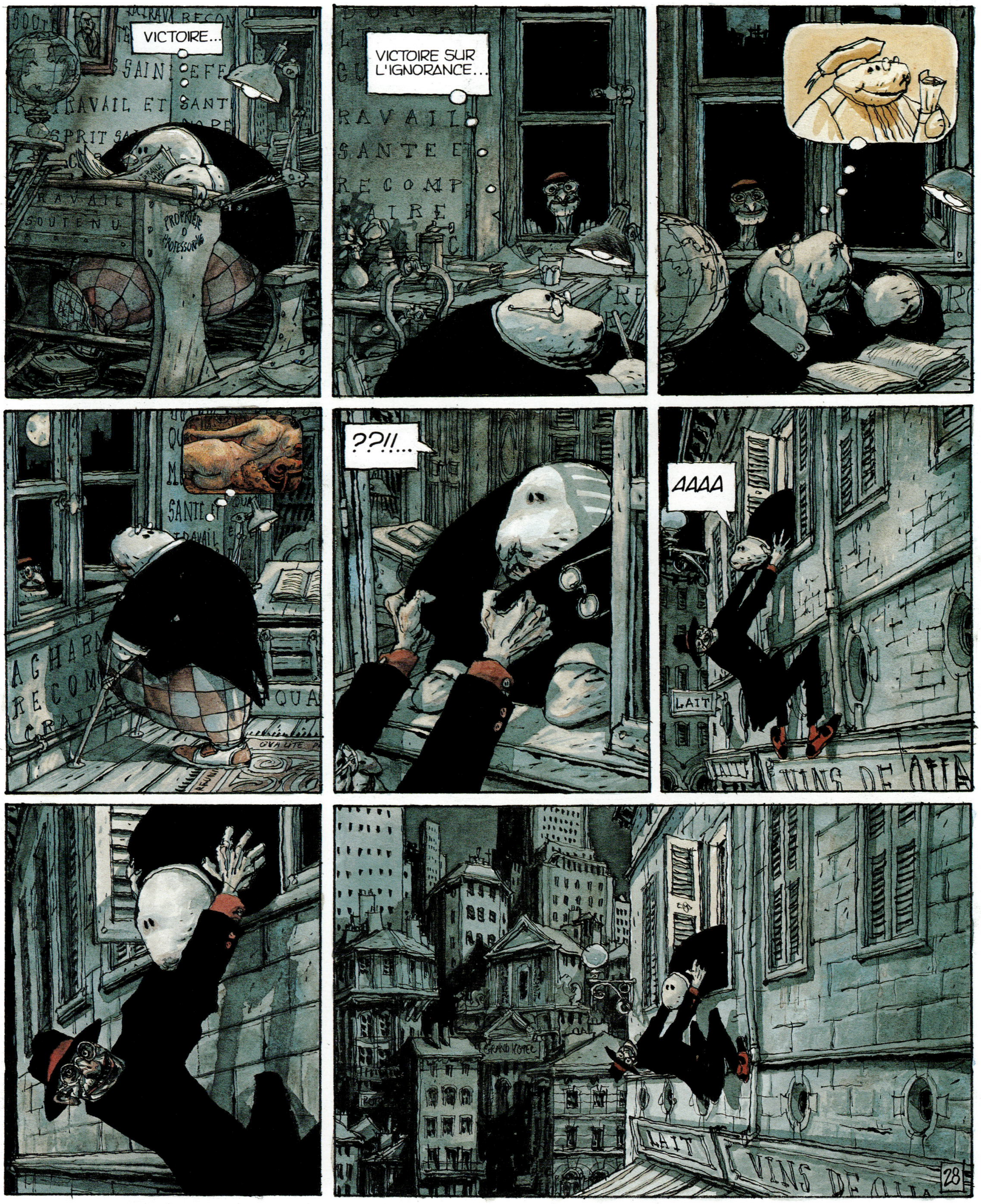
VICTOIRE...
VICTOIRE SUR L'IGNORANCE...
??!!...
AAAA
LAIT
VINS DE QUA
28

- AH AH DIEGO SACRÉ FARCEUR, L'AIR FRAIS RÉGÉNÈRE TA CERVELLE !

- TU FAIS BIEN MON GARÇON !
- ...UNE CERVELLE FRAÎCHE DANS UN CORPS FRAIS. VOILÀ LE SECRET DE LA RÉUSSITE SCOLAIRE.

- AH AH AH

- TU ES TOUT SALE !!! N'OUBLIE PAS QUE LA RÉUSSITE SCOLAIRE (VOIRE LA RÉUSSITE SOCIALE) EXIGE UNE TENUE CORRECTE...

- TIENS-TOI DROIT ! UN NOUVEAU PROFESSEUR EST ARRIVÉ... ET QUEL PROFESSEUR !

- AAAAH DIEGO ! QUE TU ES RINGARD !!!

- AH AH AH !

REGARDE-MOI ÇA LOMBAX, DES PANTALONS DE SERGE ET UN SOULIER EN CUIR DE PORC !!!
AH AH AH
UP AND DOWN ! COMME TU ES RINGARD.
AH AH AH
OH OH OH
QUEL MANQUE DE PEP'S !
ET LA REDINGOTE, LOMBAX, LA REDINGOTE ! RIONS ENSEMBLE DE LA REDINGOTE !
AH AH AH ! AH AH AH ! AH AH AH !
AH AH AH
?!
ON VA ARRANGER ÇA MON COCO ! D'ICI QUELQUES JOURS, FOI DE CONSEILLER EN COMMUNICATION, TU SERAS TOUT SIMPLEMENT OVERCUTE !
OVERCUTE, AUCUN DOUTE !
HOP HOP ! UN PEU DE DYNAMISME QUE DIABLE !
PAF
PAF
PAF
PAF
PAF
DE L'ENTHOUSIASME ET SURTOUT, SURTOUT...
DE L'OPTIMISME !
OVERCUTE
AH AH AH
30

COCO, COCO MON COCO ÉCOUTE-MOI... TU ES AU COURANT ?... LOMBAX T'A MIS AU PARFUM ? ... — AH NON NON...	NON BOB, UN PEU DE PATIENCE, IL LE SAURA EN TEMPS VOULU ! — OVER !
D'ICI PEU D'AILLEURS. POUR L'HEURE, UN TRAVAIL D'IMPORTANCE NOUS ATTEND. — DE L'OPTIMISME ! — ?	DIEGO, TU DOIS **SÉDUIRE** LE PEUPLE. — SÉDUCTION ; LE MOT CLEF, LE MOT FORCE !
CLING CLING	AH AH AH AH !	REVENONS SUR DIEGO ! SUR DIEGO BON SANG !!!!!

LA PREMIÈRE SÉANCE D'AMÉLIORATION DE TON LOOK AURA LIEU DEMAIN À L'AUBE.	DYNAMISME, JEUNESSE ET PEP'S ! QUE LA NUIT TE SOIT DOUCE...	
	TU VIENS BOIRE UN COUP ?	
	TOC TOC	AH

CLIC CLIC CLIC

TAP TAP

...TU ES UN PHOQUE, ON DIRAIT...

CLIC CLIC CLIC

TAP TAP

CE N'EST PAS COMMUN PAR ICI, TU SAIS !

JE DOIS TE PARLER... ALLONS NOUS ACHETER DES HOT-DOGS ! J'AI DE L'ARGENT... NOUS IRONS ENSUITE DANS UN CAFÉ... UN CAFÉ DE BONNE RÉPUTATION.

DE L'OPTIMISME ...C'EST BIEN ÇA... DE L'OPTIMISME !

OVERCUTE !!!

2 VODKAS SERRÉES, PATRON !

— SÉRAPHIN, MON PAUVRE BONHOMME, VOUS VOUS DÉ- BROUILLEZ FORT MAL... ENTREZ, JE VOUS EN PRIE, ENTREZ.

— VOTRE TRAVAIL ME CAUSE BIEN DU SOUCI EN VÉRITÉ!...

— LES QUELQUES ATTENTATS MALADROITEMENT PERPÉ- TRÉS CONTRE DIEGO, SONT NON SEULEMENT MÉDIO- CRES ET SANS PANACHE...

— ...ILS FRISENT LA VULGARITÉ!

— MAIS ILS ONT EN PLUS LE TORT D'EN FAIRE UN MARTYR... TU NOUS DISCRÉDITES AUPRÈS DE NOTRE PUBLIC.

— SÉRAPHIN, PANTIN RIDICULE ET STUPIDE DERRIÈRE TES LUNETTES!

— CETTE SITUATION REND DIEGO LE JEUNE PHOQUE ÉMOUVANT À QUI JETTE UN ŒIL SUR SON EXIS- TENCE.

— ET TOUT CELA, SÉRA- PHIN AUX YEUX VI- TREUX, MAUVAIS DIA- BLE, ABONDE DANS LE SENS DE CES VIEUX PETS DE LOUP DE LA GENT PÉDAGOGIQUE (ET LEURS AMIS DE LA MUNICIPALITÉ)

34

Panel 1:
— CES ACTIONS ME SEMBLAIENT JUDICIEUSES, PATRON.
— JUDICIEUSES ?!? AH AH AH...
— QUELLE MISÈRE !

Panel 2:
— AH AH
— AH AH
— POUFFIANA, MON CHER SECOND, FAITES-MOI DONC DES PHOTOCOPIES COULEURS DES ACTIONS EN QUESTION QU'ON RIGOLE !
— OHAHAHA
— AH AH AH

Panel 3 (narration):
FRANCHEMENT SÉRAPHIN, VOUS ÊTES GROTESQUE !...QUI CROYEZ-VOUS TROMPER AVEC VOTRE GRAND COSTUME NOIR ? J'AI TROP À FAIRE EN CE MONDE POUR M'AMUSER À FAIRE RÔTIR VOTRE CARCASSE À JAMAIS DANS LA CHEMINÉE À COMBUSTION ÉLECTRIQUE !

PAF

HA HA HA !

Panel 4:
...CELLE-LÀ MÊME QUE J'AI FAIT CONSTRUIRE POUR VOS VIEUX JOURS.

DIEGO NE DOIT EN AUCUN CAS RECEVOIR LES HONNEURS DE SES CONTEMPORAINS !

Panel 5:
J'USERAI DE MES SUPER-POUVOIRS JUSQU'À LA CORDE POUR DÉVIER LE CHEMIN DE CE PHOQUE !... ET N'OUBLIEZ JAMAIS QUE VOUS TRAVAILLEZ POUR...

...LE DIABLE !

« LE DIABLE »; PERSONNAGE TRISTEMENT CÉLÈBRE, REPRÉSENTANT LE MAL DANS LA TRADITION POPULAIRE (OREILLES POINTUES, CORNES, AILES, PIEDS FOURCHUS, LONGUE QUEUE DE DIABLE DANS L'ICONOGRAPHIE POPULAIRE).

SANTÉ JUVÉNILE MAMMIFÈRE AU SOULIER UNIQUE! CLING!

PERSONNELLEMENT, EN TANT QUE CHIEN, J'AVOUE AVOIR SOUFFERT DE MON DÉCALAGE SOCIAL... GARÇON!...

NOUS SOMMES DES PARIAS EN QUELQUE SORTE.. LES HOMMES SONT SYMPATHIQUES MAIS... JE NE SAIS PAS... UN CURIEUX SENTIMENT M'ENVAHIT LORSQUE J'ENVISAGE LA GENT HUMAINE...

QUE PENSES-TU DE TOUT CELA MON AMI? ...JE TE SENS COMME QUI DIRAIT ENFERMÉ DANS TON ENVELOPPE CORPORELLE.

D'UN ANGLE DE VUE PUREMENT CANIN, J'ESTIME NOTRE SITUATION INJUSTE... NOUS AVONS NOTRE PLACE ICI...

...À NEW YORK-SUR-LOIRE, CAPITALE DE TOUS LES EXCÈS, GARÇON!... GARÇON! (ALCOOL ET NICOTINE).

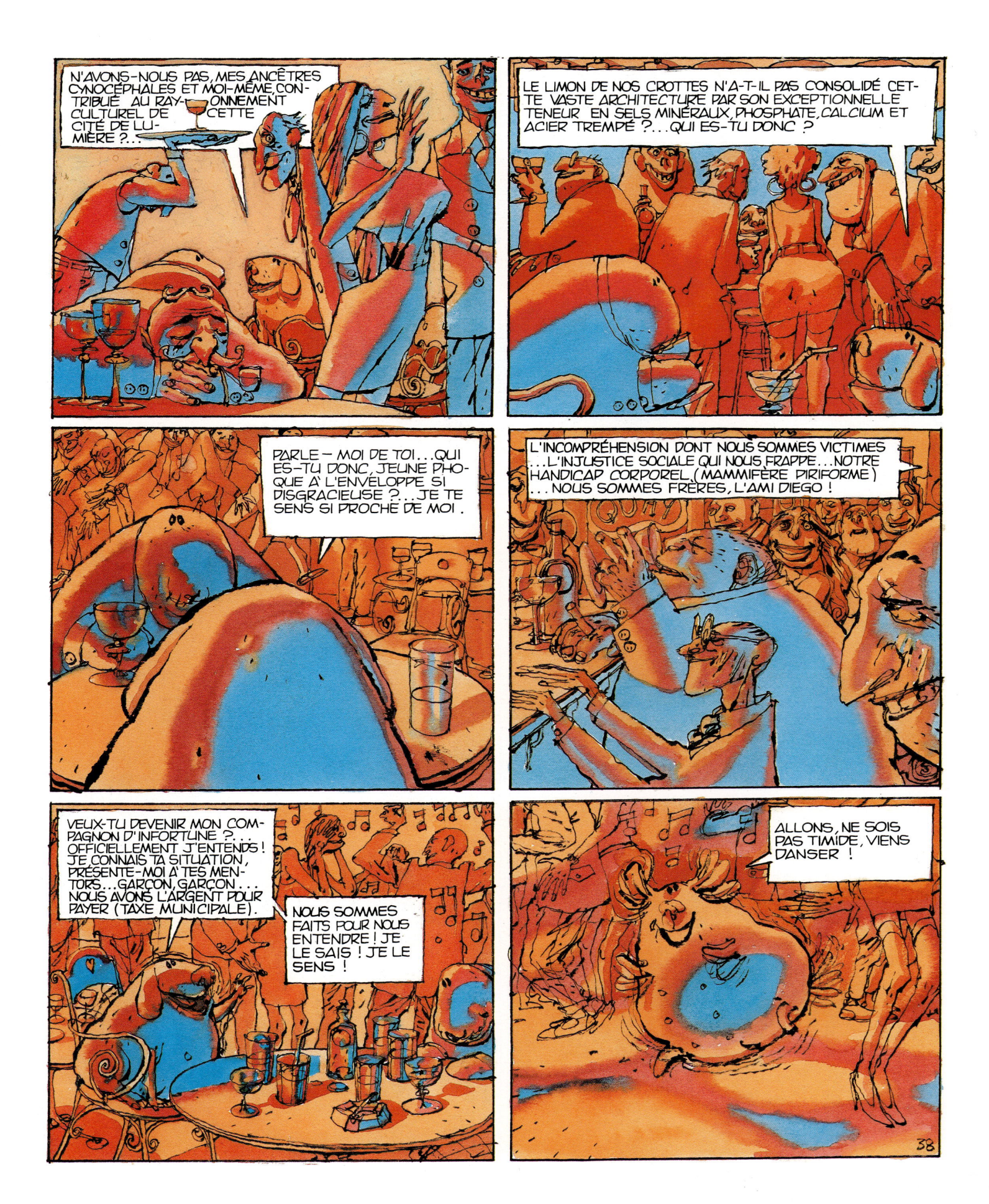

Panel 1: N'AVONS-NOUS PAS, MES ANCÊTRES CYNOCÉPHALES ET MOI-MÊME, CONTRIBUÉ AU RAYONNEMENT CULTUREL DE CETTE CITÉ DE LUMIÈRE ?...

Panel 2: LE LIMON DE NOS CROTTES N'A-T-IL PAS CONSOLIDÉ CETTE VASTE ARCHITECTURE PAR SON EXCEPTIONNELLE TENEUR EN SELS MINÉRAUX, PHOSPHATE, CALCIUM ET ACIER TREMPÉ ?... QUI ES-TU DONC ?

Panel 3: PARLE-MOI DE TOI... QUI ES-TU DONC, JEUNE PHOQUE À L'ENVELOPPE SI DISGRACIEUSE ?... JE TE SENS SI PROCHE DE MOI.

Panel 4: L'INCOMPRÉHENSION DONT NOUS SOMMES VICTIMES... L'INJUSTICE SOCIALE QUI NOUS FRAPPE... NOTRE HANDICAP CORPOREL (MAMMIFÈRE PIRIFORME)... NOUS SOMMES FRÈRES, L'AMI DIEGO !

Panel 5: VEUX-TU DEVENIR MON COMPAGNON D'INFORTUNE ?... OFFICIELLEMENT J'ENTENDS ! JE CONNAIS TA SITUATION, PRÉSENTE-MOI À TES MENTORS... GARÇON, GARÇON... NOUS AVONS L'ARGENT POUR PAYER (TAXE MUNICIPALE).

NOUS SOMMES FAITS POUR NOUS ENTENDRE ! JE LE SAIS ! JE LE SENS !

Panel 6: ALLONS, NE SOIS PAS TIMIDE, VIENS DANSER !

- NE PLEUREZ PAS SÉRAPHIN, VOYEZ DONC : UN BON RAGOÛT D'HERBES FOLLES POUR VOUS REMETTRE EN BONNE SANTÉ MORALE.

- JE SUIS SENSIBLE À VOTRE MÉDIOCRITÉ, SAIS-TU ? RASSUREZ-VOUS, JE NE VOUS ASSASSINERAI PAS PRÉMATURÉMENT !

- J'AI LÀ DANS MON ANCESTRALE CABOCHE UNE PETITE IDÉE QUI POURRA VOUS AIDER À RATTRAPER LE COUP.

- SUIVEZ MES CONSEILS À LA LETTRE ET ÇA IRA COMME SUR DES ROULETTES !

- CLIC

- TU N'ES PAS UN MAUVAIS DIABLE APRÈS TOUT ! (RIRE PARFUMÉ AU SOUFRE)

- HIP'S
- HIP'S
- CLIC CLIC

— ZZZ ZZZ ZZZ

— ZZZZ

— UP AND SMILING, DIEGO !

— LES ESCAPADES NOCTURNES NE SONT GUÈRE CONSEILLÉES POUR GARDER UN TEINT FRAIS ET MODERNE, MON CHER ANIMAL...

— DE L'ÉNERGIE ! DE LA JEUNESSE ! AVEC LE LOOK ROCK, PAS DE DOUTE, OVERCUTÉ MON POULET, ÇA VA DÉMÉNAGER !

— QU'EN PENSES-TU ?...

— ÉVIDEMMENT, UNE LIPOSUCION INTÉGRALE SERAIT BIENVENUE... AVEC GREFFE DE JAMBES ET ABLATION DE BÉQUILLES... MAIS LE TEMPS NOUS MANQUE ET MES MOYENS SONT LIMITÉS...

| | DE L'OPTIMISME AVANT TOUT ! | MESSIEURS S'IL VOUS PLAÎT ! |

VEUILLEZ RÉPÉTER APRÈS MOI, ET AVEC ENTHOUSIASME, LE CRI DE GUERRE DE LA GENT PÉDAGOGIQUE ET MUNICIPALE.

VICTOIRE, VICTOIRE SUR L'IGNORANCE ! NEW YORK-SUR-LOIRE, CHARME ARCHITECTURAL ET RAYONNEMENT CULTUREL !

DIEGO, MON JEUNE AMI, LE JOUR EST VENU POUR NOUS AUTRES, TÊTES PENSANTES ET GOUVERNANTES (VIBRANT À L'UNISSON) DE TE DÉVOILER L'EXTRAORDINAIRE DESTINÉE QUE NOUS SOMMES EN TRAIN DE TE CONCOCTER

AUX PETITS OIGNONS ! — **?**

CHER DÉLÉGUÉ À L'ÉDUCATION, MON AMI, MON NEURONE, VOULEZ-VOUS ANNONCER (EN RESPECTANT LE PROTOCOLE BIEN ENTENDU) L'EXCELLENTE NOUVELLE À NOTRE PETIT PROTÉGÉ PINNIPÈDE.

CERTAINEMENT PATRON.

NOTRE CAPITALE TANT AIMÉE SERAIT PRIVÉE DE SON EXCEPTIONNEL RAYONNEMENT CULTUREL (UNE LUMIÈRE PUISSANTE QUI TRAVERSE LES OCÉANS) S'IL NE S'Y DÉROULAIT, UNE FOIS TOUS LES CENT ANS, UNE MYSTÉRIEUSE CÉRÉMONIE...

Panel 1	Panel 2	Panel 3

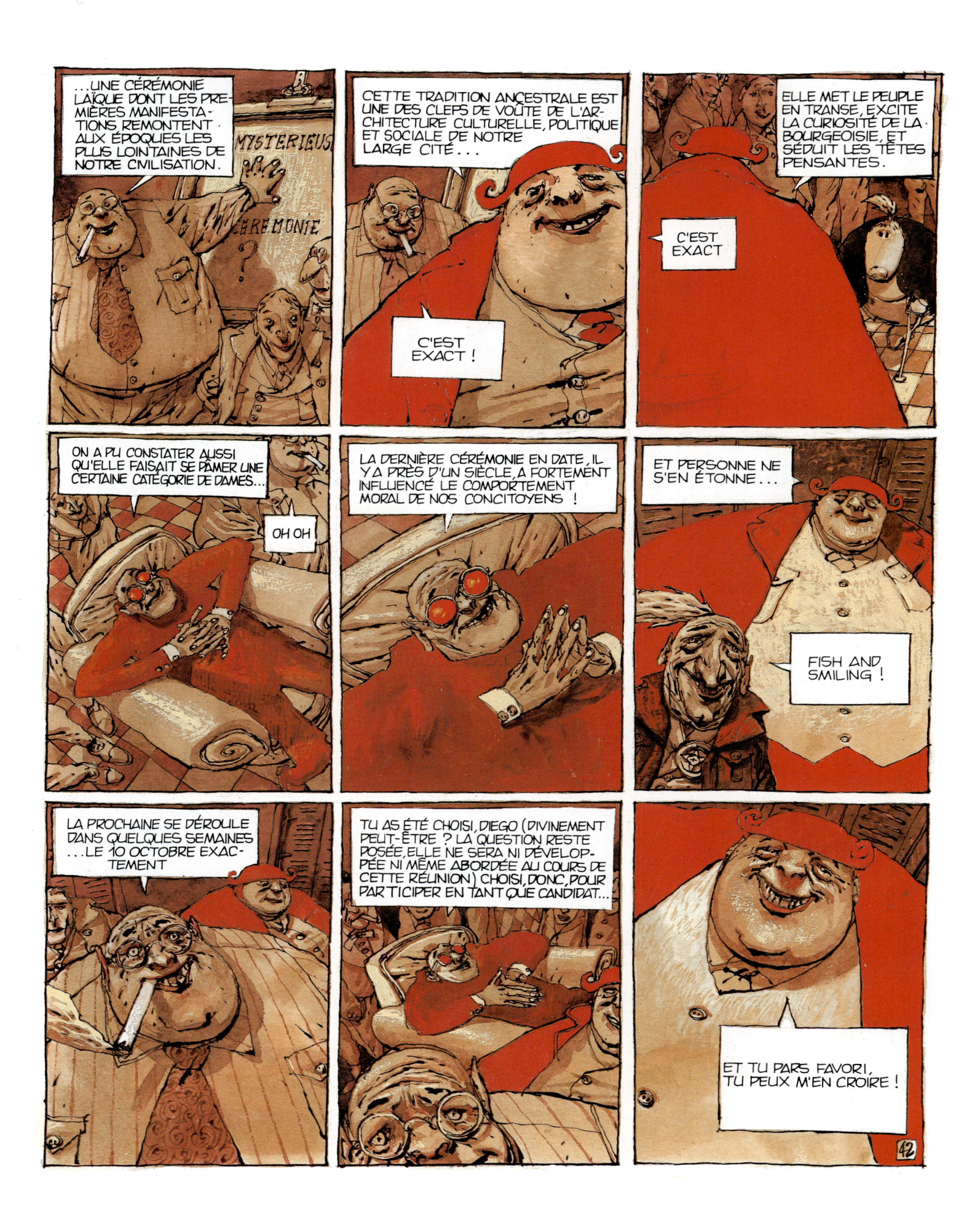

Panneau 1 : ...UNE CÉRÉMONIE LAÏQUE DONT LES PREMIÈRES MANIFESTATIONS REMONTENT AUX ÉPOQUES LES PLUS LOINTAINES DE NOTRE CIVILISATION.

Panneau 2 : CETTE TRADITION ANCESTRALE EST UNE DES CLEFS DE VOÛTE DE L'ARCHITECTURE CULTURELLE, POLITIQUE ET SOCIALE DE NOTRE LARGE CITÉ...

C'EST EXACT !

Panneau 3 : ELLE MET LE PEUPLE EN TRANSE, EXCITE LA CURIOSITÉ DE LA BOURGEOISIE, ET SÉDUIT LES TÊTES PENSANTES.

C'EST EXACT

Panneau 4 : ON A PU CONSTATER AUSSI QU'ELLE FAISAIT SE PÂMER UNE CERTAINE CATÉGORIE DE DAMES...

OH OH

Panneau 5 : LA DERNIÈRE CÉRÉMONIE EN DATE, IL Y A PRÈS D'UN SIÈCLE, A FORTEMENT INFLUENCÉ LE COMPORTEMENT MORAL DE NOS CONCITOYENS !

Panneau 6 : ET PERSONNE NE S'EN ÉTONNE...

FISH AND SMILING !

Panneau 7 : LA PROCHAINE SE DÉROULE DANS QUELQUES SEMAINES ...LE 10 OCTOBRE EXACTEMENT

Panneau 8 : TU AS ÉTÉ CHOISI, DIEGO (DIVINEMENT PEUT-ÊTRE ? LA QUESTION RESTE POSÉE, ELLE NE SERA NI DÉVELOPPÉE NI MÊME ABORDÉE AU COURS DE CETTE RÉUNION) CHOISI, DONC, POUR PARTICIPER EN TANT QUE CANDIDAT...

Panneau 9 : ET TU PARS FAVORI, TU PEUX M'EN CROIRE !

42

POUR LE PRIX NOBEL DE L'AMOUR !

MAUDIT "PRIX NOBEL DE L'AMOUR" !!!

PARFAITEMENT CONTRAIRE À MES CONVICTIONS ! MAUDIT SOIS-TU, DIEGO LE JEUNE PHOQUE !

MAUDITE BESTIOLE ! POIRE À LAVEMENT ENDIMANCHÉE !

MAUDIT MAUDIT MAUDIT !!!

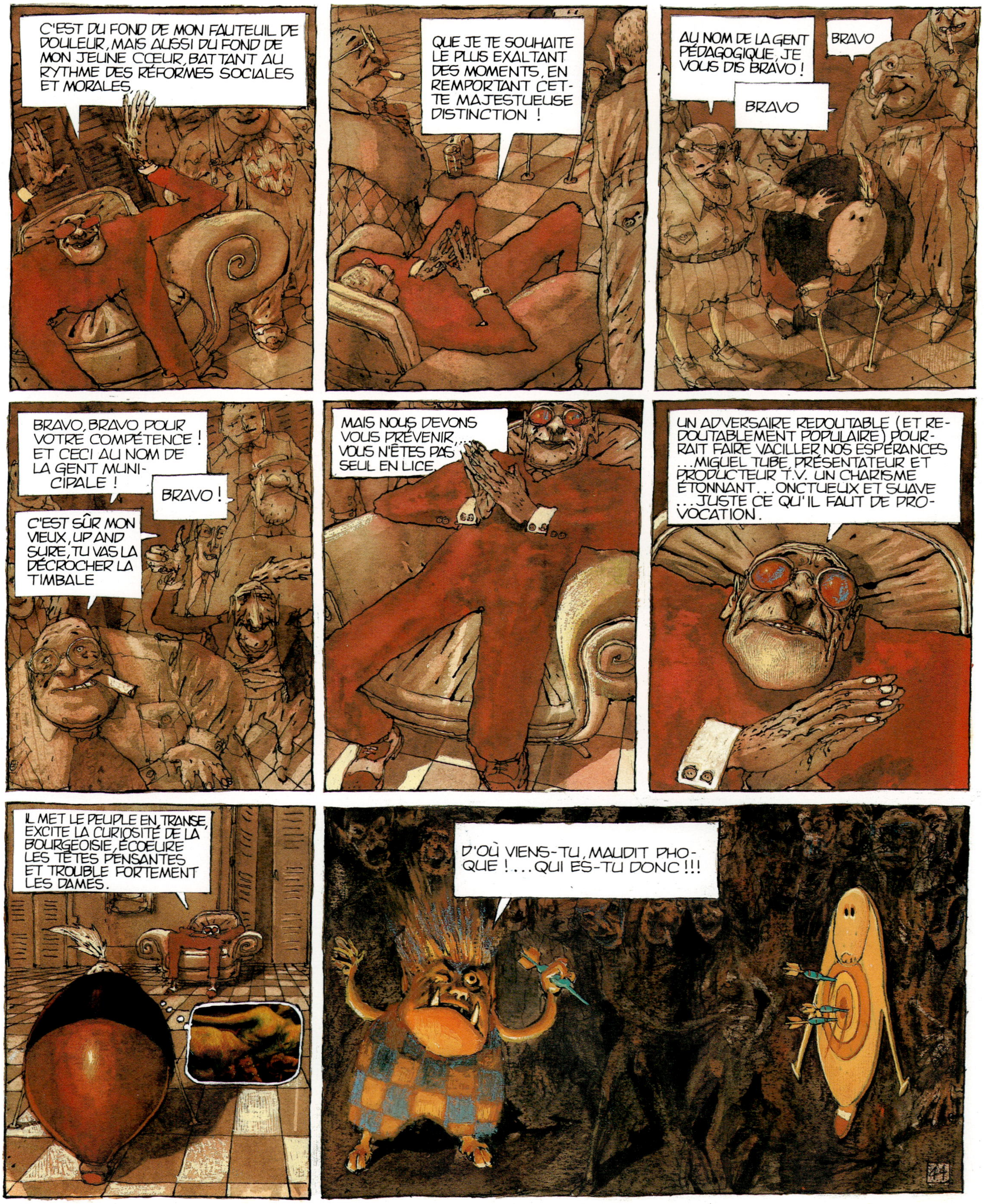

C'EST DU FOND DE MON FAUTEUIL DE DOULEUR, MAIS AUSSI DU FOND DE MON JEUNE CŒUR, BATTANT AU RYTHME DES RÉFORMES SOCIALES ET MORALES,
QUE JE TE SOUHAITE LE PLUS EXALTANT DES MOMENTS, EN REMPORTANT CETTE MAJESTUEUSE DISTINCTION !
AU NOM DE LA GENT PÉDAGOGIQUE, JE VOUS DIS BRAVO !
BRAVO
BRAVO
BRAVO, BRAVO POUR VOTRE COMPÉTENCE ! ET CECI AU NOM DE LA GENT MUNICIPALE !
BRAVO !
C'EST SÛR MON VIEUX, UP AND SURE, TU VAS LA DÉCROCHER LA TIMBALE
MAIS NOUS DEVONS VOUS PRÉVENIR,... VOUS N'ÊTES PAS SEUL EN LICE.
UN ADVERSAIRE REDOUTABLE (ET REDOUTABLEMENT POPULAIRE) POURRAIT FAIRE VACILLER NOS ESPÉRANCES ...MIGUEL TUBE, PRÉSENTATEUR ET PRODUCTEUR T.V. UN CHARISME ÉTONNANT... ONCTUEUX ET SUAVE ...JUSTE CE QU'IL FAUT DE PROVOCATION.
IL MET LE PEUPLE EN TRANSE, EXCITE LA CURIOSITÉ DE LA BOURGEOISIE, ÉCOEURE LES TÊTES PENSANTES ET TROUBLE FORTEMENT LES DAMES.
D'OÙ VIENS-TU, MAUDIT PHOQUE !... QUI ES-TU DONC !!!

LA CHANCE OFFERTE À NOTRE HÉROS À LA PEAU DOUCE ÉTAIT-ELLE JUDICIEUSE ? ÉTAIT-IL MÛR POUR SUPPORTER UN TEL RÔLE ?	C'EST LA QUESTION QUE NOUS NOUS POSIONS AU SEIN DE L'ÉQUIPE PÉDAGOGICO-MUNICIPALE.	AH AH AH AH !
	MAIS LA CONFIANCE ET LES CERTITUDES DE RÉUSSITE DU PRÉSIDENT ÉTAIENT TELLES QUE NOUS FÛMES CONVAINCUS LE UNS COMME...	
MONSIEUR, LE NOUVEAU CONSEILLER EN COMMUNICATION ATTACHÉ À VOTRE PERSONNE S'EST PRÉSENTÉ CE MATIN. — FAITES ENTRER, VOYONS FAITES ENTRER !		AH ! CHER AMI, J'AI GRAND BESOIN DE VOTRE AIDE ! VOUS SEREZ MON SYNAPSE NUMÉRO UN !

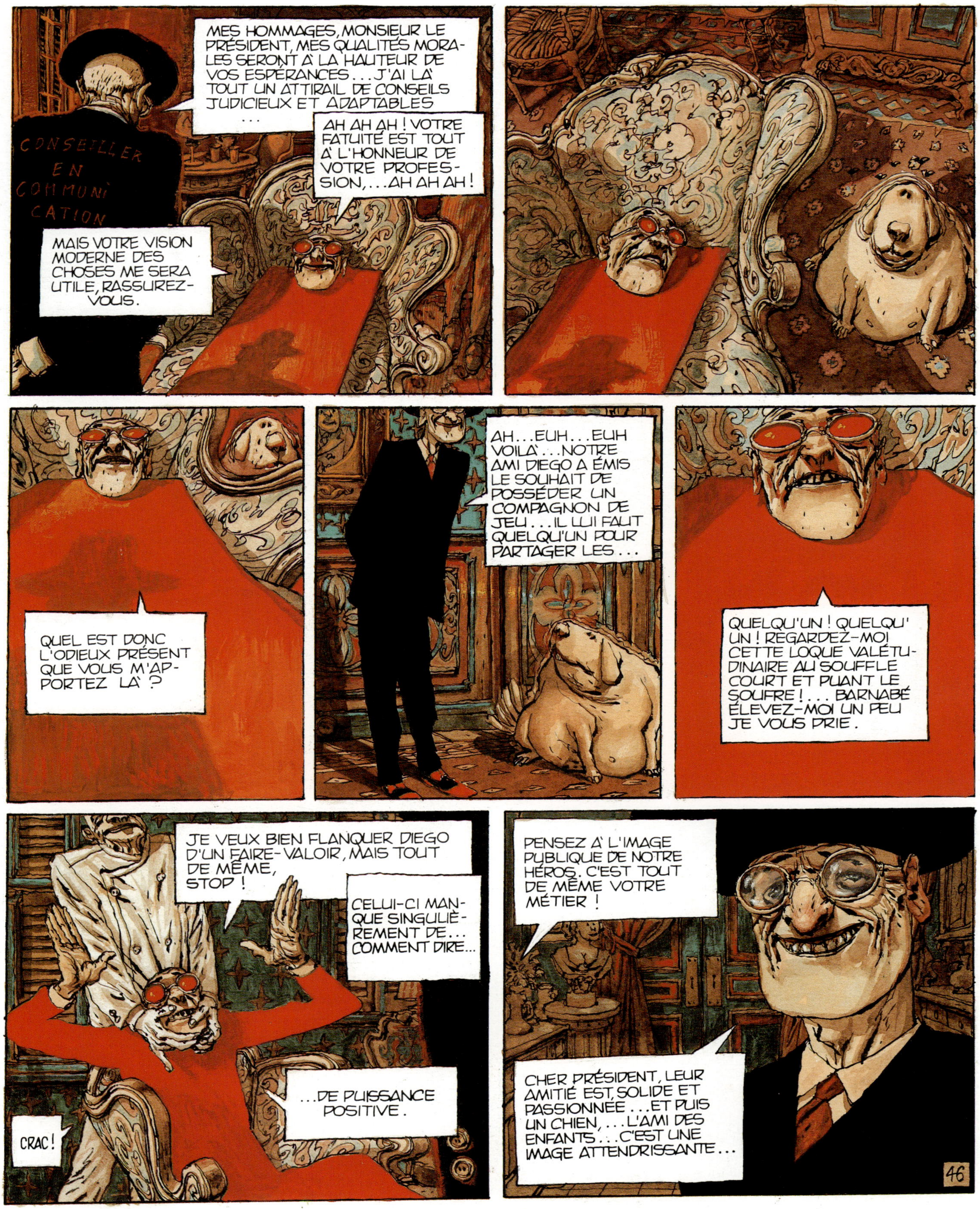
CONSEILLER EN COMMUNICATION
MES HOMMAGES, MONSIEUR LE PRÉSIDENT, MES QUALITÉS MORALES SERONT À LA HAUTEUR DE VOS ESPÉRANCES... J'AI LÀ TOUT UN ATTIRAIL DE CONSEILS JUDICIEUX ET ADAPTABLES...
AH AH AH ! VOTRE FATUITÉ EST TOUT À L'HONNEUR DE VOTRE PROFESSION,... AH AH AH !
MAIS VOTRE VISION MODERNE DES CHOSES ME SERA UTILE, RASSUREZ-VOUS.
QUEL EST DONC L'ODIEUX PRÉSENT QUE VOUS M'APPORTEZ LÀ ?
AH... EUH... EUH VOILÀ... NOTRE AMI DIEGO A ÉMIS LE SOUHAIT DE POSSÉDER UN COMPAGNON DE JEU... IL LUI FAUT QUELQU'UN POUR PARTAGER LES...
QUELQU'UN ! QUELQU'UN ! REGARDEZ-MOI CETTE LOQUE VALÉTUDINAIRE AU SOUFFLE COURT ET PUANT LE SOUFRE !... BARNABÉ ÉLEVEZ-MOI UN PEU JE VOUS PRIE.
JE VEUX BIEN FLANQUER DIEGO D'UN FAIRE-VALOIR, MAIS TOUT DE MÊME, STOP !
CELUI-CI MANQUE SINGULIÈREMENT DE... COMMENT DIRE...
...DE PUISSANCE POSITIVE.
CRAC !
PENSEZ À L'IMAGE PUBLIQUE DE NOTRE HÉROS. C'EST TOUT DE MÊME VOTRE MÉTIER !
CHER PRÉSIDENT, LEUR AMITIÉ EST SOLIDE ET PASSIONNÉE... ET PUIS UN CHIEN,... L'AMI DES ENFANTS... C'EST UNE IMAGE ATTENDRISSANTE...
46

— Laissez-moi, cher président, devenir l'ami officiel de Diego le jeune phoque !

— Il a besoin d'un rail solide pour guider ses instincts et ses pensées... Il est instruit, certes, mais manque cruellement d'expérience !

— Je suis un gars du terrain...

— Laissez-moi l'aiguiller jusqu'à la victoire... Quelques os suffiront pour mon salaire...

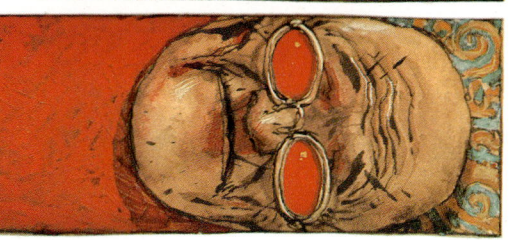

— Et puis ce sacré phoque n'est pas bien bavard ! Je me ferai l'interprète de ses sentiments... directement à votre oreille !

— Tu es bien laid mais ta cervelle me semble admirablement développée pour un cynocéphale excréteur...

— Soit !... Je t'engage à six sous de l'heure comme compagnon officiel du futur prix Nobel de l'amour.

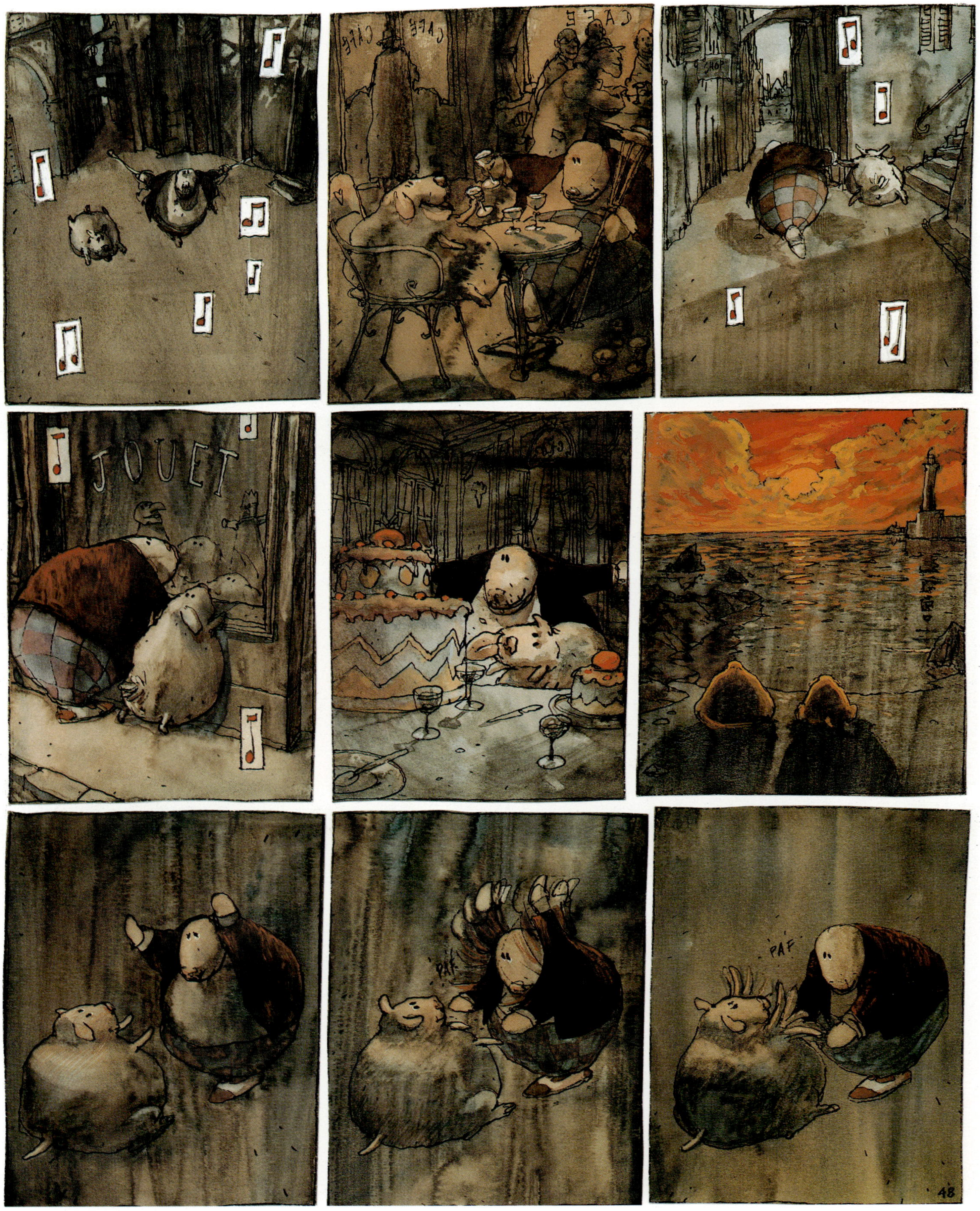
JOUET
PAF
PAF
48

QUI VOUS A PERMIS DE RENTRER, MONSIEUR ?! VOUS ÊTES ICI DANS UNE PROPRIÉTÉ PRIVÉE !!	VEUILLEZ ME LAISSER PACIFIQUEMENT TERMINER MON RÉCIT, MONSIEUR ! JE NE SAURAIS TOLÉRER D'ÊTRE INTERROMPU !	OÙ EN ÉTAIS-JE ?... AH, VOILÀ... LES QUELQUES MOIS PASSÉS ENSEMBLE FURENT POUR DIEGO ET SON COMPAGNON OFFICIEL SOURCE D'INÉPUISABLES DÉCOUVERTES.

LEUR AMITIÉ LUMINEUSE ÉCLAIRAIT LA CERVELLE DE DIEGO DE MILLE JOIES ET LA ...S'IL VOUS PLAÎT !...

MONSIEUR S'IL VOUS PLAÎT, VOUS N'AVEZ RIEN À FAIRE ICI !

ET LA PUISSANCE IN[...]ELLE DE NOTRE H[...] TROUVA DÉCUPL[...]

CESSONS CE PETIT JEU !!...

JE SUIS PAYÉ POUR RACONTER UNE HISTOIRE ! JE SUIS LE MIEUX PLACÉ POUR LE FAIRE !

CHANGEMENT DE CONTEXTE, LOMBAX ! AH AH AH !

ET J'AIMERAIS À CE TITRE QUELQUES MARQUES DE RESPECT !... LAISSEZ-MOI FINIR !... OÙ EN ÉTAIS-JE ?

AH AH AH AH ! J'AI D'AUTRES IDÉES !

PEU DE TEMPS AVANT LA REMISE DU PRIX NOBEL DE L'AMOUR, MONSIEUR LE DIRECTEUR ME CONVOQUA DANS SES APPARTEMENTS, AFIN DE ME FÉLICITER POUR MES IDÉES MODERNES ET MA REMARQUABLE INTUITION DANS L'AFFAIRE DE DIEGO LE JEUNE PHOQUE.

Case 1: J'AI DONC DÉCIDÉ (ET CE SUR LE CONSEIL DE MON NOUVEAU SYNAPSE) DE VOUS OFFRIR QUELQUES VACANCES EN CORSE DES GRANDS LACS... AUX FRAIS DE LA MUNICIPALITÉ BIEN ENTENDU.

Case 2: SUIVEZ-MOI !... VOUS CONNAISSEZ MON AMOUR POUR LES MOYENS DE LOCOMOTION, LOMBAX... VOICI UNE DES PLUS BELLES RÉALISATIONS DE NOS INGÉNIEURS...

Case 3: LE PIANO À PÉDALES DE CHARLES-VALENTIN-ALKAN !... OH OH !

Case 4: TURBO DIÉSEL ! EN EFFET, PATRON ! UN SYSTÈME QUE JE VIENS DE METTRE AU POINT. LE FILTRE EST COMPRIMÉ À 2 LITRES 8 ! QUI DÉCUPLE LA VITESSE ET ARRONDIT LES NOTES ! VÉHICULE HAUTEMENT CULTUREL !

Case 5: LA CORSE DES GRANDS LACS ÉTAIT TRÈS PRISÉE À L'ÉPOQUE. SURTOUT EN CHARLES-VALENTIN-ALKAN TURBO DIÉSEL, CINQ VITESSES ! MODÈLE UNIQUE !

Case 6: ♪♪♫♪

CE GRAND BOL D'AIR FRAIS MUSICAL SE DÉROULA À MERVEILLE, LORSQUE, EN FIN D'APRÈS-MIDI, AU DÉTOUR D'UNE ROUTE DÉSERTE ET SINUEUSE...

MAIS JE M'ÉLOIGNE, JE M'ÉGARE...

CELA N'A RIEN À VOIR AVEC DIEGO LE JEUNE PHOQUE, PERMETTEZ QUE JE CONTINUE !...

RIEN DU TOUT ! LA SUITE DE TES AVENTURES, LOMBAX ! (ELLES ME GALVANISENT)

ÉCOUTEZ, CET OUVRAGE SE TERMINE ET JE N'AI PAS EU LE TEMPS DE RELATER L'AVÈNEMENT DE NOTRE HÉROS DE L'AMOUR...

TERMINE TON HISTOIRE !

BIEN.

!//////////

MON ATTACHEMENT POUR LES ANIMAUX DOMESTIQUES M'OBLIGEA À DONNER UN BRUSQUE COUP DE VOLANT QUE JE REGRETTE AUJOURD'HUI...

	LE CHOC FUT SI VIOLENT QUE MON ANATOMIE SE DIVISA EN DEUX PARTIES DISTINCTES : MEMBRES ET TRONC DÉGRINGOLÈRENT DANS UN RUISSEAU, ALORS QUE MA TÊTE ICI-PRÉSENTE RESTA COINCÉE...
	CONTINUE, CONTINUE LOMBAX, C'EST EXALTANT !

...SOUS LES DÉCOMBRES YEUX GRANDS OUVERTS, CONSCIENTE DU MONDE. AU MÊME MOMENT, DIEGO LE JEUNE PHOQUE SE PRÉPARAIT HARDIMENT POUR SA FUTURE MISSION.

REGARDE TOUTES CES GUERRES, TOUS CES CRIMES...IL EST DE BON TON DE S'INSURGER !

TU M'EMMERDES AVEC DIEGO ! CONCENTRONS-NOUS SUR TA FIN MÉDIOCRE !

RACONTE OU JE TE TRÉPANNE !

NON, NON, PAS MA CERVELLE ! PAR PITIÉ ! C'EST TOUT CE QUI ME RESTE !

JE VAIS TOUT VOUS DIRE !...

FSSCHEE

...LES ALÉAS MÉCANIQUES DE CET ACCIDENT SPECTACULAIRE AVAIENT ENFONCÉ AUTOUR DE MES MUSCLES OCULAIRES DEUX BOULONS DE TAILLE 19 QUI MAINTENAIENT MES YEUX OUVERTS 24 H SUR 24.

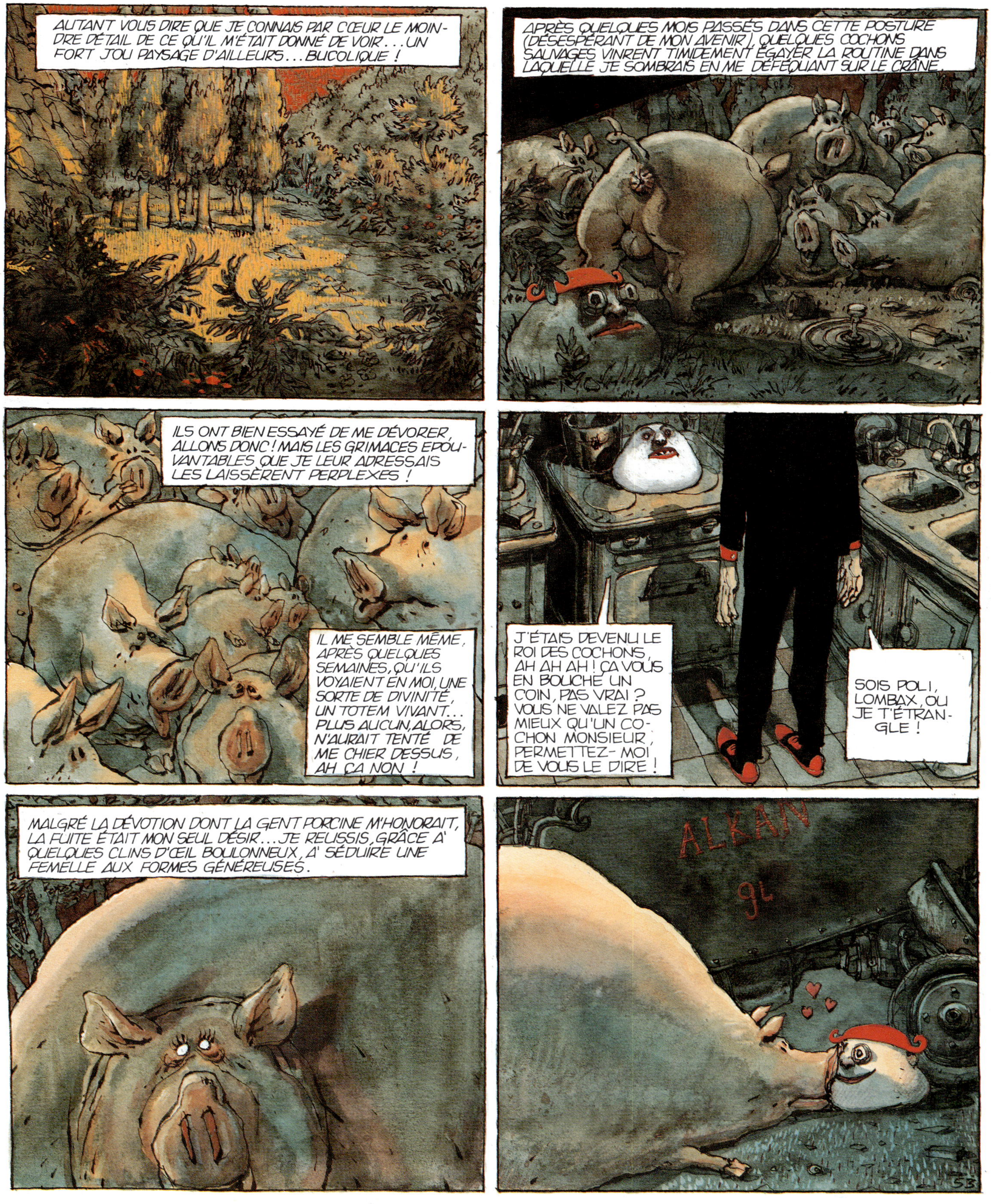
AUTANT VOUS DIRE QUE JE CONNAIS PAR CŒUR LE MOIN-DRE DÉTAIL DE CE QU'IL M'ÉTAIT DONNÉ DE VOIR... UN FORT JOLI PAYSAGE D'AILLEURS... BUCOLIQUE !
APRÈS QUELQUES MOIS PASSÉS DANS CETTE POSTURE (DÉSESPÉRANT DE MON AVENIR), QUELQUES COCHONS SAUVAGES VINRENT TIMIDEMENT ÉGAYER LA ROUTINE DANS LAQUELLE JE SOMBRAIS EN ME DÉFÉQUANT SUR LE CRÂNE.
ILS ONT BIEN ESSAYÉ DE ME DÉVORER, ALLONS DONC ! MAIS LES GRIMACES ÉPOUVANTABLES QUE JE LEUR ADRESSAIS LES LAISSÈRENT PERPLEXES !
IL ME SEMBLE MÊME, APRÈS QUELQUES SEMAINES, QU'ILS VOYAIENT EN MOI, UNE SORTE DE DIVINITÉ, UN TOTEM VIVANT... PLUS AUCUN, ALORS, N'AURAIT TENTÉ DE ME CHIER DESSUS, AH ÇA NON !
J'ÉTAIS DEVENU LE ROI DES COCHONS, AH AH AH ! ÇA VOUS EN BOUCHE UN COIN, PAS VRAI ? VOUS NE VALEZ PAS MIEUX QU'UN COCHON MONSIEUR, PERMETTEZ-MOI DE VOUS LE DIRE !
SOIS POLI, LOMBAX, OU JE T'ÉTRANGLE !
MALGRÉ LA DÉVOTION DONT LA GENT PORCINE M'HONORAIT, LA FUITE ÉTAIT MON SEUL DÉSIR... JE RÉUSSIS, GRÂCE À QUELQUES CLINS D'ŒIL BOULONNEUX, À SÉDUIRE UNE FEMELLE AUX FORMES GÉNÉREUSES.
ALKAN
SB

JE LA PERSUADAIS DE S'ENFUIR AVEC MOI VERS UN MONDE MEILLEUR...

ÉTRANGES MOYENS DE LOCOMOTION, LOMBAX... APRÈS UN PIANO, UNE TRUIE ! AH AH AH ! QUELLE DÉGRINGOLADE SOCIALE !... RACONTE ENCORE LOMBAX.

ENSUITE...

UN LONG PÉRIPLE COMMENÇA POUR LE COUPLE IDÉAL QUE NOUS FORMIONS MICHELINE ET MOI (C'EST LE SOBRIQUET QUE JE LUI AI DONNÉ, ET UNE LARME AU PARFUM DE ROUILLE SORT DE MON ŒIL LORSQUE J'ÉVOQUE CE PRÉNOM).

NOUS TRAVERSÂMES L'ÎLE DE BEAUTÉ D'UN BOUT À L'AUTRE À LA RECHERCHE D'UN NID DOUILLET POUR FINIR NOS JOURS.

...CE FUT UN VOYAGE MERVEILLEUX...

QUI T'A ENGAGÉ COMME NARRATEUR DE L'HISTOIRE DE DIEGO ??

AH ÇA MON AMI, VOUS NE LE SAUREZ PAS ! D'AILLEURS, PUISQUE VOUS M'Y INVITEZ, JE VAIS REMPLIR MON CONTRAT...

Panel 1	Panel 2

Panel 1: DIEGO, SOUS L'AUTORITÉ DE SON COMPAGNON OFFICIEL, APPRENAIT LA BONTÉ...

Panel 2: TAP TAP / CLIC CLIC / SNIF SNIF

Panel 3: PIOUU PIOUU !

Panel 4: OOOH, REGARDE CE PETIT OISEAU, TOMBÉ DU NID ! / PIOUU PIOUUU

Panel 5: IL EST CHÉTIF ET HURLE DE DOULEUR... IL SOUFFRE SANS DOUTE D'UNE FRACTURE OUVERTE AU NIVEAU DE LA HANCHE, OU QUELQUE CHOSE DANS CE GOÛT-LÀ...

Panel 6: NOUS SOMMES BIENVEILLANTS ET PROCHES DE LA NATURE... PAUVRE PETIT OISEAU, TU ES TOUT FAIBLE ET TU NOUS FAIS DE LA PEINE !... N'EST-CE PAS DIEGO ?... N'EST-CE PAS DIEGO ?... / ? / PIOU

Panel 7: ??...

Panel 8: ET QU'ALLONS-NOUS FAIRE DIEGO, QU'ALLONS-NOUS FAIRE ?

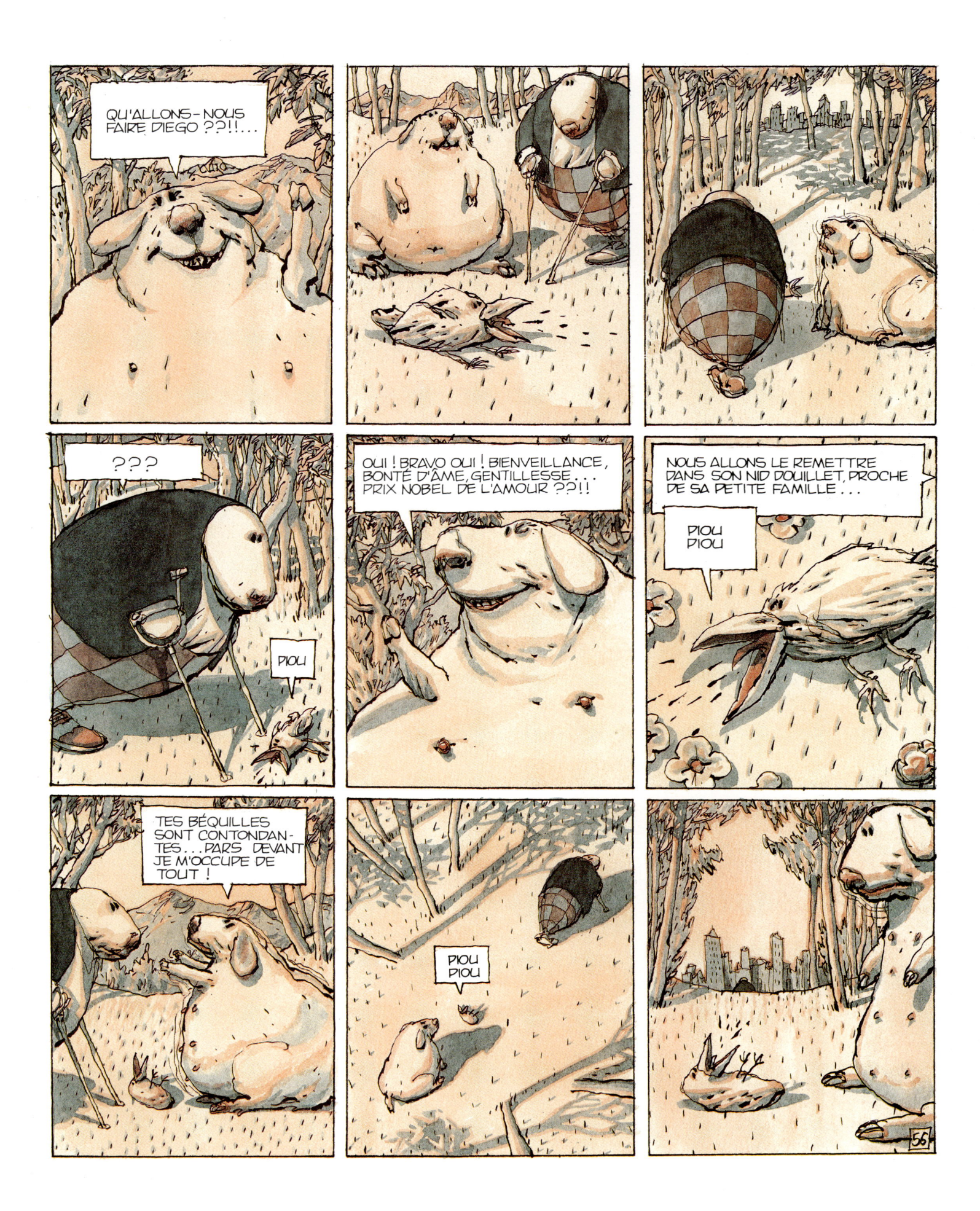

QU'ALLONS-NOUS FAIRE DIEGO ??!!...		
???	OUI ! BRAVO OUI ! BIENVEILLANCE, BONTÉ D'ÂME, GENTILLESSE... PRIX NOBEL DE L'AMOUR ??!!	NOUS ALLONS LE REMETTRE DANS SON NID DOUILLET, PROCHE DE SA PETITE FAMILLE...
	PIOU	PIOU PIOU
TES BÉQUILLES SONT CONTONDANTES... PARS DEVANT JE M'OCCUPE DE TOUT !	PIOU PIOU	

PIOOUUUOUU	PLAF

Quelques jours plus tard devait être décerné le prix Nobel de l'amour... Mon accident m'empêcha d'y assister...

Je suis malheureusement incapable de vous relater la suite...

HA HA HA HA HA HA HA

Ne t'inquiète pas pour l'histoire de Diego, Lombax, j'en connais le déroulement...

Mais... attendez...

Tu as bien entendu, Lombax, je viens prendre la relève !

57

— TOUT SE PASSE COMME SUR DES ROULETTES, MESSIEURS !

— LA FANGE PÉDAGOGICO-MUNICIPALE NE SE DOUTE DE RIEN ! NOUS AVONS D'ORES ET DÉJÀ MIS LA MAIN SUR LA NARRATION !

— BRAVO BRAVO !

— MON PLAN EST EN PASSE DE RÉUSSIR, ...MESSIEURS, JE VOUS LE DIS :

— PATRON, VOUS ÊTES UN AS !

— L'AMOUR NE PASSERA PAS !!

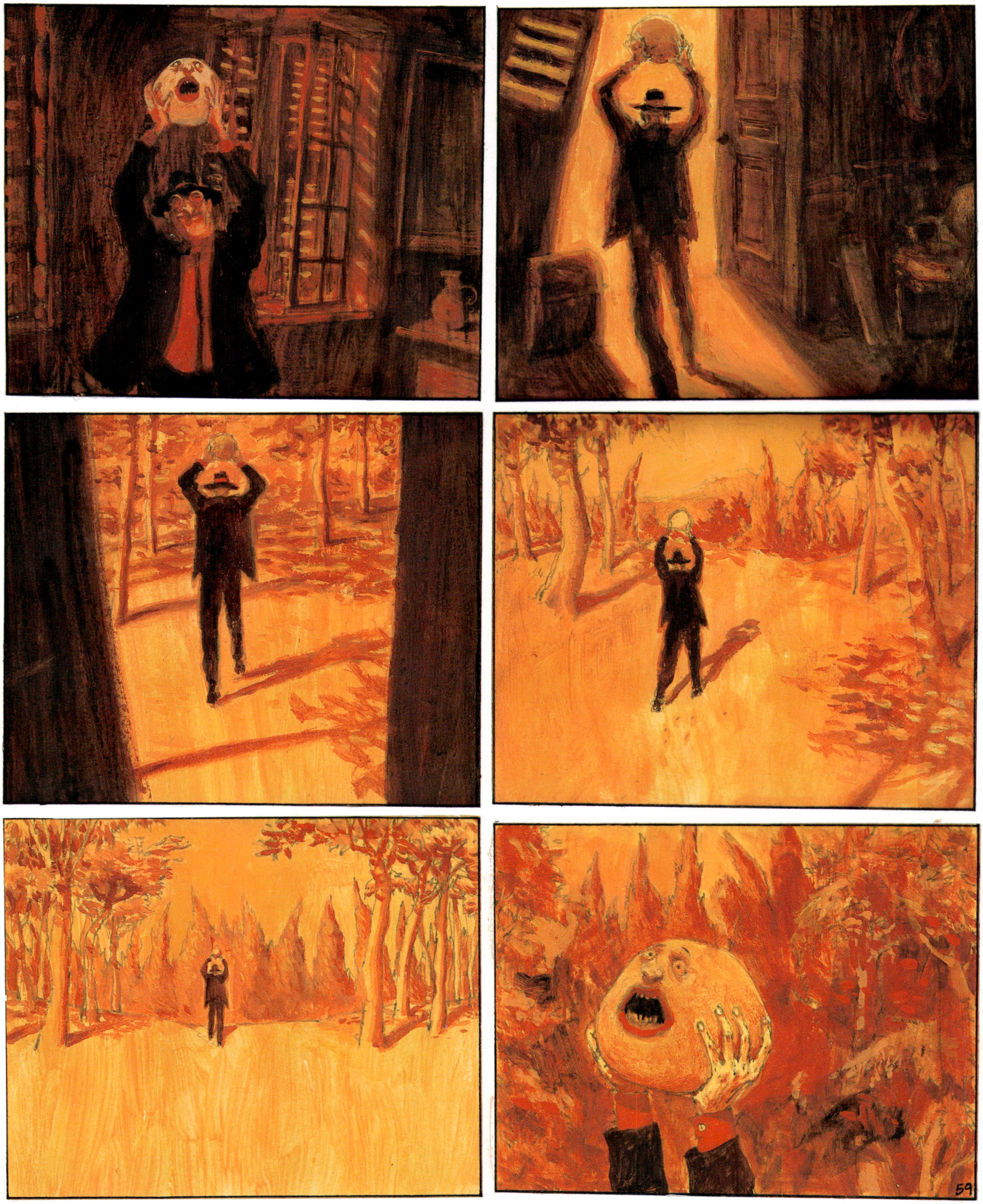
59

68

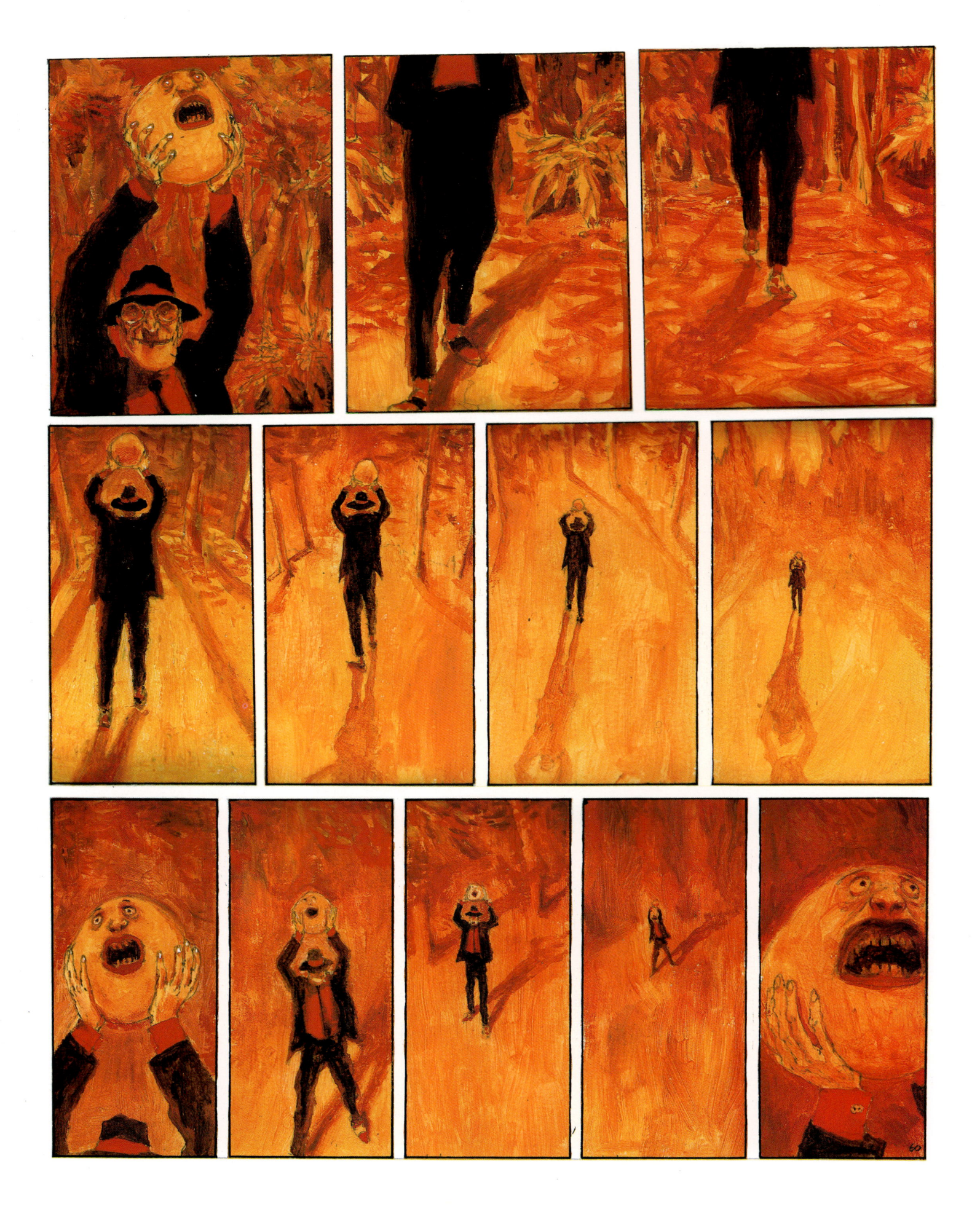